KB183375

청어詩人選 470

오늘 냉장고에서
너의 심장을 꺼내봐

정재훈 시집

청어

이 시들이 당신을
다시 숨 쉬게 할 수 있기를

차례

제1부

제2부

제1부

우울한 날에는

우울한 날에는
보고 싶은 사람에게 전화를 하세요

그 사람 살아 있는지
모르지만 살아 있다고 생각하세요

우울한 날에는
보고 싶은 사람과 술 한잔하세요

그 사람 얼마나 아팠는지
마음 비우고 들어보세요

우울한 날에는
보고 싶은 사람을 그리워하세요

그 사람 내 앞에서
함께 미소 짓던 순간을 떠올리세요

우울한 날은 오늘이
마지막이라고

언약

기다리는 시간이
사랑하는 시간보다
길 수 있다지요
오해를 풀고
두려움 내어놓을 때까지
눈물 많이 흘렸다지요
사는 게 어쩌면
지나가는 바람처럼
가볍지만
순간순간 감당할 수
없는 아득한 설렘
세월은 차마 꿈이었다지요
무슨 언약보다
살아 있어 작은 숨소리
듣고 있는 한순간
행복한걸
이제야 알았다지요

여름새

자유롭게 겨울 하늘 날던
여린 작은 새 한 마리
뜨거운 햇빛에 날개 녹아
길 잃고 조그만 새장에 갇혔네

퍼덕퍼덕 몸 일으켜 보지만
날아오르기에 아직 상처 크네
하루하루 숨 쉬는 것도
하루하루 잠드는 것도

그럴 때마다 푸른 바다 위 나는 꿈꾸네
더 많이 날아볼걸
더 많이 느껴볼걸
더 많이 사랑할걸

죽을 것 같은 여름 지나
자유롭게
겨울 하늘 다시 날아오르려나
작은 새 오늘도 조금조금 살아내 보네

암스테르담의 추억

그해 여름 숨이 멎는 무료함
가슴에 품고 하루하루 살아냈지
막연함이 주는 설렘 촉촉이 마시며
간헐적으로 떠오르는 기대감
쓰레기통에 구겨 넣으며
하루살이 같은 하루를
천년처럼 보내고 있었지
감당하지 못할 부채처럼
사랑의 뒤끝은 쌓여가고
가보지 못한 어느 먼 나라의
석양은 밤마다 우리 곁에 잠들었지
축복은 바람처럼 사라지고
우리에게 남은 건
오직 감당할 수 있는 체념뿐
지나가 버린 사람들과
지나쳐 버린 사랑과
지나간 시간은
다시 그대에게 돌아오지 않으려니
다시 그대에게 돌아오지 않으려니
마지막 맨드라미 지기 전
한 번이라도 말 걸어 주려는지

사랑의 법

사랑하는 것도 법이 있다면
아프기 전에 알려 주려나

사랑하는 것도 깨달음이 있다면
더 아끼는 맘 알아챌 수 있으려나

사랑하는 것도 한 번이라면
무슨 까닭 필요 있으려나

사랑하는 것도 마지막이라면
한 번쯤은 목숨 걸 수 있으려나

가을 소사

달달한 커피 내려놓고
구름 한 조각 담은
파란 하늘 한 모금 마셔보네
이런 날도 오는구나
이런 날도 오는구나
사사로운 설움 바람에 날리며
다가오는 설렘 작은 손에 쥐고
모든 거 용서해야지
모든 거 감사해야지
모든 거 사랑해야지

가을 속으로

당신의 시간은
가을 어디쯤 지나고 있나요

눈 뜨면 눈 부신 햇살
걸으면 안아주는 바람
고개 들면 한없이 용서해 주는 하늘
푸르게 눈 부신 날들
아직은 남아 있을 거라 위로받으며

당신의 시간은
가을 어디쯤 머물고 있나요

눈물 닮은 촉촉한 빗방울
한없이 떨리는 갈대
설레며 흔들리는 깊은 호수
모든 게 사랑스러운 날들
아직은 곁에 있을 거라 새기며

당신의 시간은
가을 어디로 걸어가고 있나요

지옥 같던 여름
오지 않는 겨울 다 지우며

단 하루라도
모든 게 너그러워지는
가을 속으로 가을 속으로

중력에 대한 단상

중력이 강할수록 시간은 느리게 흐르고
사랑이 깊을수록 사람은 멈추어 서 있네

아주 먼 우주의 끝에서나
하루가 천년이고
천년이 하루 같다던데

아주 작은 이 지상에서도
하루가 천년 같은 날이
생기는 걸 보면

사람 안에도
사랑 안에도
우주가 숨어 있나 보다

사람이 다 다르게 사는 것도
사랑이 다 다르기 때문인지

흔들릴 법도 한데
자기 세계인 양 우주인 양
아름답게 살아내는 게 축복인 듯

중력이 강할수록 시간은 느리게 흐르고
사랑이 깊을수록 사람은 멈추어 서 있네

물안개

경계가 사라지는 건
하나 되어 간다는 것

하늘인지
호수인지

사랑인지
사람인지

설령
한 번뿐이라도

하얗게
하얗게 서로 물들어 가는 것

삶인 듯
꿈인 듯

보헤미안 랩소디

'잘 있어, 모두, 난 이제 가야겠어
모두를 뒤로하고 진실을 마주하러 가야 해'

가을이 끝날 무렵
연인들은 헤어지길 기다린 듯
뒤도 돌아보지 않고
주저 없이
겨울 속으로 걸어가고 있었네

참 독하다고
잘 지내라는 위로도 없이

너무 많은 걸 기대해서인지
너무 많은 걸 기대하는 게 두려웠던 건지
속으로 속으로 흔들리며
아까운 시간을 흘려버리고 있었네

지나간 건 시간만 아니었네
사람도 사랑도
이루지 못한 미련은
하루가 지나 안개가 되고
한 달이 지나 기억 속에서 사라지겠지

무슨 까닭인지 알지만
그 까닭이 무슨 이유가 되는지
아직도 이해할 수는 없어서
이해하지 않으려고
이해하지 않으려고 하네

'아무것도 상관없어
다 필요 없어 나에겐, 바람이야 어디로 불든'

식혜

사는 게 뜬구름처럼 둥둥

목마른 시절 늘 길어
달콤한 기억으로 버틸 뿐

살얼음 아래
어루만져 주는 따뜻함은
언제 다시 오려는지

사는 게 뜬구름처럼 둥둥

겨울, 공항에서

삶처럼 무거워 보이는
암갈색 캐리어 풀어
초조한 듯 작은 손목시계
건네주며 그 사람 속삭이네

"너의 시간 속에 내가 있으면 해"

누군가를 떠나보내는 건
누군가를 기다리는 것만큼 쓸쓸하지

얼어버린 하늘 위
잃어버린 퍼즐처럼 사라지는 비행선

언젠가는 돌아오겠지
언젠가는 돌아오겠지

그 사람 좋아하는 함박눈
푸른빛 가로등 위로
못다 한 이야기처럼 내리고

어디로 가야 할지
어디로 가고 있는지

겨울처럼 움직이지 못하고
부들부들 떨리는 손 안에는

소리 없이 그 사람의 시간이 흐르고 있네

겨울 고양이에게

어느 해 겨울이었던가
겨울비 내리던
작은 식당 모퉁이에
검은 고양이 울고 있었네
부들부들 떨며
생의 마지막 놓지 않으려는 듯
그냥 지나칠까
몇 번이나 망설이다
운명이려니 손을 내밀었네
보라색 머플러 풀어
안아주니 금방 새근새근
잠이 들었지
앞으로 어찌할지
아무 생각도 나지 않고
그냥 살아만 있어 줬으면
그냥 살아만 있어 줬으면
나도 모르게 빌고 있었네
누구를 만나는 건
예정대로 되는 게 아닌 듯
누구를 사랑하게 되는 건
더더욱 알 수 없는 듯
사랑인지 연민인지
고양이는 꿈에서 깨지 않으려

그렇게 몇 날 며칠을
품에 잠들어 있었네

마치 오래된 연인처럼

낮술

지금 내 눈앞에
안개처럼 아른거리는
이 사람은
누구인가요

사랑하는 사람인지
사랑하고 싶은 사람인지

하고 싶었던 말
다 하고 나면

지금 내 눈앞은
하얀 꿈이었다고

겨울, 따뜻함에 대하여

가만히 내리는 눈이 아름다워서인지
바라보는 하루가 지루하지 않네
녹색 소파에 앉아 지나가는 겨울
회고해 보니 사는 게 아스라해지네

사랑도 사랑인지 모르고 지나가듯
가버린 모든 건 돌아오지 않겠지
깊은 말라바르 향 사라지기 전
잊을 수 없는 사람 다 잊을 수 있으려나

다 지우고 나면 따뜻해지겠지
다 비우고 나면 따뜻해지겠지

겨울, 너에게 나는

무슨 의미이니
무슨 의미라도 있는 거니
그렇게 물어보고
몇 번이고 물어보면서
속으로는 자꾸 눈물 흘리네
아무 의미 없다고
이제 아무 의미 없다 할까 봐
숨죽이며
너의 눈 너의 입술
그렇게 멈추어 있다
천천히 천천히 다가오기를
이미 너는 나에게
겨울 지나 하얀 봄인걸

겨울, 집착과 번뇌 사이

우리가 기다리고 있었던 건
세월이었을까
사람이었을까

어느 겨울날
주거니 받거니
나누던 술 한잔

우리가 꿈꾸던 세상
다시 오지 않을 걸 알면서도
붙잡고 싶었던 건
무엇이었는지

몇 번의 겨울 지나
아무렇지 않게
무덤덤한 미소 지을 수 있는
날이 오면 그제야
그 시절 아름다웠다고

그때도 우리가 기다리고 있었던 건
그리 큰 게 아니라
어깨 두드리며 건네는
따뜻한 위로 아니었는지

놓아도 되는
집착은 깊어져 번뇌 되고
번뇌는 두려워 길을 잃네

우리가 그토록 기다리고 있는 건 무엇인지

무엇이라도 기다리고는 있는 건지

그해 겨울

관계

사람은 그 사람
알아가면 갈수록 애틋해지네

그렇게 지내며 견디는 게

다는 아니지만

그렇게 지내다 따뜻해지면

사람은 그 사람
알아가는 일 견딜만해지네

그게 다는 아니지만
그게 다는 아니지만

그게 다일 수도 있는

사람을
사랑하며 살아가는 일은

그래서 보이지 않고
오랜 시간 걸리는 듯하네

사람이 사람을
알아가는 일은

진눈깨비

네 마음처럼
이러지도 못하고
저러지도 못하고

그게 사랑이었는지
그게 연민이었는지

네 마음처럼
이 지상에 닿으면
촉촉이 다 녹아 사라질

그게 꿈이었는지
그게 삶이었는지

미세먼지에 갇혀

다시 돌아온 봄
문 두드려도 설레지 않고
이별한 연인처럼 마주칠까 두렵네

누군가는 어쩔 수 없다 하고
누군가는 영영 떠나려 하네

눈 부시던 추억이 오랜 전설 되고
순수한 너의 환생이 언젠가 이루어질 때면

누군가는 사라지고
누군가는 잊히겠지

마치 꿈처럼 안개처럼
다시 돌아오지 않는 사랑처럼

봄비

너도 조금 마음 풀리니
눈물 흘리는구나

무슨 이야기 들어주는 건
그리 어려운 건 아닌데 쉽지는 않지

무슨 까닭인지 묻지 않고
가만히 바라만 주면

누구나 가끔 말없이 너처럼 울고
내일은 파란 하늘 볼 수 있겠지

봄밤 2

기억은 시간을 사랑했을까
시간은 기억을 안아줬을까

봄이 예전의 봄이 아니듯
그대가 예전의 그대가 아니듯

따뜻해지는 것도 힘이 드는 밤
어디로 가는지 밤도 모르는 봄

사랑은 기억인가 시간인가
그대는 어디 있는지 있었던 건지

석촌에서

꽃 피니 눈 부시네
꽃 지면 아름다울까

아직은
더 살아봐야지

꽃 피어 눈 부시게
꽃 지면 아름답게

봄은 가고

날 꾸물타
어제는 환하게 피어있던 꽃
오늘은 소리 없이 떨어지니

이제 바라볼 수도
가끔 만져볼 수도
살짝 불러볼 수도
없으니 맘도 꾸물타

예쁜 아가라
이제 누가 불러주나
어느 먼 별에서 다시 피면
나도 따라 피려나

날도
맘도
오늘은 모든 게 꾸물타

오월은

시가 써지지 않네
눈 부신 햇살 눈 가리고
상냥한 바람 마음 흔들며
가만히 있지 말고
어디론가 떠나라고 속삭이네

얼마 남지 않았다고
얼마 남지 않았다고
얼마 남지 않았다고

아카시아 피기 전까지
이별이 다시 오기 전까지
푸르름에 눈멀어
아무것도 필요하지 않은
나날들에 잠들라 하네

오월은

하슬라에서

따뜻한 적이 살면서 얼마나 있었을까
얕은 바람에도 흔들린 적 많았는데
사랑할 때도 따뜻했을까
누구를 안고 있어도 봄이 아니었는지
기억이 우리를 기억하게 하듯
기억이 우리를 아프게 하듯
넌 행복하냐고
넌 행복하냐고
끝이 없는 바다는 입을 다물고
푸르기만 한 하늘은 눈을 감고
답은 없을 거야
영원히
영원히
따뜻한 바람을 느끼면 그뿐이지
오래오래 지워지지 않게

사슴

지나쳐야 했을까
지나쳐야 했을까

샛별 한가득 담긴 눈망울

보지 말았어야 했을까
보지 말았어야 했을까

도도한 삶 가득 까만 콧잔등

기다리지 않아야 하나
기다리지 않아야 하나

어디로 갈지 모르는 두 다리

지나겠지
지나겠지

하루하루 사라지는 시간처럼

편의점에서

기억이
우리를 사랑하고 있다면
우리는 그때 가장 행복했을까

8개에 15,000원 하는 할인 맥주를
손에 들고 좋아라
지칠 줄 모르고 깔깔대던 여름밤

나이 들어도 마음 편한 게 제일이라고
서로의 비밀스러운 이야기 하나씩
내어놓으면 시간도 잠시 멈추던

집으로 가야 하는데
집으로 떠나지 못하고
끝없이 이어지는 술래 없는 숨바꼭질

컵라면에 소주 한잔 마지막으로
더 이상 내일은 없을 것 같은
더 이상 내일은 없을 것 같은

행복한 듯 취한 듯 밤인 듯 꿈인 듯
행복한 듯 취한 듯 밤인 듯 꿈인 듯

패러글라이딩

멈추지 말고
한 발 두 발 힘 있게 걸어가 보세요
모든 건 신에게 맡기고

벗어나지 못하는 지상에서
가장 쉽게 달아나는 방법이니까요

내려놓거나 떨어지는 건
아주 두렵고 무서워 보이지만
다시 날아오르기 위해 필요한 일이에요

어디든 자유롭게 날기보다
자주 어디론가 떨어지는 일에
익숙해진 우리지만

다시 호흡을 가다듬고

하나
둘
셋

눈을 감고 있다면 이제 눈을 떠보세요
당신은 이미 하늘 위를 걷고 있어요

바람이 손에 잡히죠
몸은 새처럼 가벼워지고
머리는 하얗게 비워져요

이 세상 떠날 때면 이렇게 가벼워지겠죠

바람이 되기도 하고
구름이 되기도 하고
아무것 아니어도 되고
사는 것도 이해되겠죠

이 세상 떠나가지 않아도
완벽하게 자유로워지는 지금처럼

여기서 잠들고 싶네요
여기서 잠들고 싶네요

눈 부신 태양을 향하던
이카로스의 주문을 외우며

너무 높지 않게
너무 낮지 않게

빗속으로 2

낙하의 속도처럼
사랑은 깊어 가는지

보이지 않는 수직의 입맞춤
받아들일 수밖에 없는 운명

후드득후드득
가슴을 파고드는 메아리

머리를 적시며 스며드는 간절함
날리는 바람과 꿈들

잠들지 못하는 하루와
기다리며 다시 피는 비의 아가들

영원히 돌아오지 않는 시간 속으로

사라지는 아름다운 사람들
사라지는 추억들

그 여름밤 빗속으로

여름 감기

오늘은 어제처럼 일어나지 않고 싶었어요
빗소리 들으며 하루 종일
꿈에 갇히고 싶었어요

무얼 기대하지 않은 지 오래되어
무얼 기대하는 것도 어색해
그냥 가만히 있어만 주길 기다렸어요

목은 따갑고 열은 소리 없이
팔과 다리로 퍼져갔어요
그렇게 아파 아무것도 하지 않기를
움직일 수 없어 오늘이 잊히기를

하지만 잊히는 건 내가 할 수 있는 게
아니라는 걸 내가 할 수 있는 건
별로 없다는 걸
아파하고 견디고 지나갈 뿐이라는 걸

아무 인기척 없어 아무도 없다는 걸
알고 나니 한결 몸은 가벼워졌어요
같은 공간이지만 존재하는 상태가
다르듯 공기는 한결 가벼워졌어요

들리지 않던 아름다운 화음들이 보이고
마음속은 하얗게 하얗게 지워졌어요
마치 기다렸다는 듯이
아무도 깨우지 않기를 바라며

눈이 스르르 다시 감겼어요
행복했던 순간은 빨리 지나가고 있었어요
잡아두고 싶었지만 힘은 더 사라져

내가 나인지 나는 어디 있는지
알 수 없게 되었어요
벨이 울리고 누군가 깨울 때까지
오랫동안 꿈속에서 여름 속에서

영주역 적서교 지나

영주역 적서교 지나
고모네 방앗간에서
돌아올 수 없던 아버지 기다리며
처음으로 세상이 참 지루하다는 걸
달달한 미숫가루에 목메어
바람 한 점 없는 처마 끝 하늘 한 모금
깊은 밤 별 쏟아져 따라갈까 하다가도
꽁꽁 얼어붙은 그림자로 잠들어
다시는 깨어나지 못할 기억으로
여름의 끝에서 돋아나는
지울 수 없는 시간
그 후로 끝없이 이어지던 예정 없는 삶

그래도 그래도
기다려지는 가을
빨간 낙엽 지면 아버지는 오시겠지
영주역 적서교 지나

가을 속으로

누구에게나 가을은 다가오지
오지 않기를 기다리는 사람에게도
잠시 스치겠지
지울 수 없는 바람의 노래로
담고 싶은 눈 부신 하늘로

누구에게나 가을은 머물지 않지
와 있어도 모르기도 하고
지나가 버리기도 하고
소리 없이 도망가 버리기도 하고
붙잡을 수 없어 그냥 바라만 보기도 하지

누구에게나 가을은 가질 수 없는 꿈이지
다가가면 한 걸음 더 갈대 속으로 물러나고
물러나면 아무 일 없는 것처럼 지우고
그래도 가질 수 없어 꿈꿀 수 있는 건
행복한 일이지

누구에게나 가을은 한 번뿐이지
짧든 길든
아픔이든 운명이든
따뜻함이든 고마움이든 뜨거움이든
딱 한 번뿐이길 하는 삶의 모든 것이지

태풍

지나가면 다 괜찮은 건지
괜찮으면 다 지나간 건지

지나가도 괜찮지 않은 이유는
지나가도 아물지 않는 이유는

지나가도 다 지워지지 않아서인지
괜찮아도 다 사라지지 않아서인지

가을 어디쯤에서

가만히 하늘을 보니
헤아릴 수 없는 비밀들이
너무도 많네
그대의 시간 속에는
저 소리 없는 별들처럼
돌아가야 할 어딘가는 있었던 건지
고요한 바람도 아무 말 없네
도시도 가을을 타
밤이면 아프다고 울 때마다
그대는 어디서 방황하고
있었던 건지
깊어가는 건 세월일까
메말라가는 그대일까
어떤 것으로도 채워지지 않는
부질없던 하루
가만히 하늘을 보니
잠만 스르륵 드네

가을 어디쯤에서

이제

늦었네요
기다리던 가을 닮은 사랑 담아 보냅니다

자물쇠

사랑도 녹스는구나
처절하게 타버린 단풍처럼

강촌에서

시월 마지막이라 다들 잠 못 드네
오랜만에 문자를 보내
잘 지내는지 물으면
그저 그렇게 견딘다고
너는 괜찮냐고
나는 속으로 힘들다고
시월 마지막이라 다들 무슨 미련 있어
몇 번이고 몇 번이고
망설이다 망설이다
오랜만에 볼 수 있을까
연락하면 엇갈리듯 멀어져 있고
시월 마지막이라 다들 내려놓지 못해
다시 오지 않을
한 통의 문자와
한 번의 꿈과
한 사람의 사랑을 기다리며
밤을 새네

은행나무 아래서

겨울 오기 전이었나
아직 떠날 준비 못 했는데
우아하게 물든 노오란 빗방울
쓸쓸하게 내리네
내려놓고 싶을 때 내려놓는 게
쉽지 않은데
작은 바람에 모든 걸 맡기고
눈 부신 햇살에 모든 걸 잊은 걸까
추락하는 시간 사이로
짜릿한 추억도 사라지려나
돌이킬 수 없다면 받아들여야지
지상은 영원한 안식
아름답게 붙들고 있는 삶도 잠시
내려와 내 손을 잡아봐
따뜻하고 자유로워질 거야
더 이상 떠날 준비 필요 없어
가을에게만 이별을 고해
겨울 오기 전에

단풍

여기저기 눈 부시게 물들었네
내 마음도 그대에게 물들고 싶네

볼 때마다 이쁘다고 예쁘다고
내 마음 빨갛게 달아오르네

등

스위치 누르면 내가 보였다
다시 누르면 내가 사라지네

삶과 죽음 사이에서
신과 나 사이에서

스위치 누르면 내가 사라졌다
다시 누르면 내가 보이네

방이동에서

아직 겨울 깊어지지 않았지만
하얀 문 내렸으면 좋겠다는 생각 들었습니다
창밖에도 술잔에도
가만히 내려앉아 그대 위로해 주었으면
좋겠다는 생각 들었습니다
힘들어하는 청춘들의 보이지 않는
길 위에 따뜻한 발자국 새겨지도록
어깨 톡톡 두드리며
수고했다고 하얗게 물들었으면
좋겠다는 생각 들었습니다
마치 마지막인 듯 깊어가는 겨울밤
잠들지 못하게 하얀 눈으로
채워졌으면 좋겠다는 생각 들었습니다
해야 할 일은 너무 많은데
가야 할 길은 너무 먼데
쉽게 발길 떨어지지 않게
하얀 눈에 갇혀 몇백 년 살았으면
좋겠다는 생각 들었습니다
더 깊고 깊은 겨울 오기 전에

겨울을 사랑하는 방법

그냥 그리워하며 살기로 했습니다
멀리서 바라보며
한 발짝 다가서지 않기로 했습니다
다시 그대 앞에 서면
다시 아파질까 두려워
그냥 마음에 묻어 두기로 했습니다
얼어버린 겨울 호수처럼
눈이 내리고 바람이 지나고
한 세월 지나면 잊히려니
한 세월 지나면 잊히려니
그냥 가슴에 깊은 우물 하나 두기로 했습니다
말라버린 우물 속에
검은 추억의 그림자만 숨어 살기로
다시 그대 마주치면
다시 사랑할까 두려워
그냥 그리워하며 살기로 했습니다

봄

와야 하지
와야 하지

이 긴 겨울도 끝이 있다는 걸

속으로 속으로
얼마나 기다렸다는 걸

와서
한순간이라도 따뜻하게 숨 쉴 수 있기를

꽃

꽃 피는 건
피어야 할 이유 있어서겠지
부끄럽지 않게 피려
부끄럽지 않게 피려
그리도 애쓰는 걸
하늘도 아는데
아는지 모르는지

꽃 지는 건
다 지는 이유 있어서겠지
부끄럽지 않게 지려
부끄럽지 않게 지려
아름답게 지려 눈물 나는 걸
대지도 아는데
아는지 모르는지

코로나 시대의 사랑

모든 게 멈추어 버린 날들이었지
거리도, 사람들도 숨죽이며
하얀 마스크에 숨어
조용히 하루하루 살아낼 뿐이었지

따뜻하게 마주 보며 바라보는 것도
촉촉한 손에 입맞춤하는 것도
달달한 입술 위에 잠드는 것도
부질없는 꿈이 되었지

이게 사랑일까
의심하면서
이런 사랑도 있을 거야
달래면서

멀리서 잊지 않으려 애쓰고
가까이서 보고 싶어도 참으며
아파하지 않고 존재하는 건만으로도
다행이라고 다행이라고

꽃들도 말없이 피었다 지고
바람도 소리 없이 스쳐 지나고
하늘도 무슨 색인지 알 수 없어
그저 지나고 지나기를

혼자 있는 게 익숙해져
혼자 밥을 먹고 책을 읽고 산책을 하고
그림자와 이야기를 나누다
잠이 드는 시절

사랑은 이렇게 혼자 하는 거였는지
사랑은 이렇게 혼자 위로하는 거였는지
사랑은 이렇게 혼자 이해해 주는 거였는지
사랑은 이렇게 혼자 지나 보내는 거였는지

모든 게 멈추었지만
모든 게 끝은 아니겠지
저 멀리 흔들리는 그대도
그대를 밤마다 부르는 나도

이것도 사랑이라고
이것도 견딜만한 사랑이라고
이것도 절박한 사랑이라고
위로하고 또 위로하네

봄에게

너는 오긴 온 거였는지
나는 너 또렷이
한번 보지 못한 것 같은데
지나가네

꽃 피었다 진지도 모르고
해가 길어져 말도 못 하고
시간은 어디로 가버렸는지

너는 오긴 온 거였는지
나는 너에게
그냥
그냥 말이라도 걸어 봤는지

밤은 달달해지고
별은 속삭이는데
잠은 오지 않고

너는 오긴 온 거였는지
마지못해
꽃잎이라도 하나 떨구고 가지

문득

길 돌아봅니다

아카시아 하얀 꽃잎들
바람에 날려
아무로 모르게 잠들어 있는

어떤 사람은
쉽게 지나가고
쉽게 잊지만

어떤 사람은
쉽게 지나지 못하고
쉽게 잊지 못합니다

천둥번개 지나던 어제 그 길인데
햇살에 몸 말리는 솔잎도
오늘은 한가합니다

누구나 가는 길 만만치 않은 이유
가보지 않아서이지만
견딜 수 있을지 두렵기 때문입니다

그래도 다시 돌아 한 걸음 걸어봅니다

어떤 사람에게
작은 일이지만
어떤 사람에게
목숨이기에

마지막 여행

마지막 여행일지 모른다고
당신의 딸은
당신의 여윈 손 잡고
당신의 딸이 신혼 살았던
경주로 떠나봅니다

결혼해 잘살고 있는지
서울에서 당신은
당신의 딸이 걱정돼
천 리 길도 마다 않고
달려오곤 했는데
이제 먼 길 나서는 게
마냥 쉽지 않은 시절
당신의 딸은 당신이
오가던 그 길을 따라
경주에서 감포로
지나간 흔적을 더듬어 따라가 봅니다

해풍을 견디어 낸 소나무 숲 사이로
바다는 예전이나 지금이나 변함없고
가는 길마다 바다향은
낮게 낮게 가슴에 쌓입니다
노을 지는 첨성대 위로 날아오르는

연들은 이승에 못다 한 사연을 담아
자꾸자꾸 오르려 합니다
분황사 금빛 보리밭에
당신은 당신의 딸과 사진 몇 장 담으면서
보이지 않는 은빛 눈물도 흘립니다

살면서 아쉬운 것 많지만 행복했기에 후회는
없다고 당신이 당신의 딸에게 들려주던 고백

마지막 여행이라는 당신과
마지막 여행이 아니길 바라는 당신의 딸은

그렇게 또 하루를 살아냅니다
잊지 않기 위해서
추억하기 위해서
언젠가는 사라질 모두를 위해서

마지막 오월의 밤은 아직 별처럼 또렷합니다

도시락

안에 무엇 들어 있나
아직
열어 보지 못하고
열어 보지 못하고
한나절이 지나고
하루가 지나고
안에 무엇 들어 있든
안에 무슨 이야기 숨어 있던
그대로 그대로 두고 보고 싶네
그대로 그대로 두고 듣고 싶네

모래시계

너의 시간 사라져
나의 시간 속으로

나의 시간 사라져
너의 시간 속으로

하나였던지
없었던 건지

장마

우리를 말없이 가두는 방법을 알고 있었네
마치 자유롭게 나는
새들을 새장에 자연스럽게 살게 하듯
우리는 처음에 금방 지나가리라
순순히 기다렸는데
끝은 점점 보이지 않네
마치 출구 없는 오래된 미로의 숲에 갇힌 듯
우리는 습습한 공기에 답답해하며
마르지 않는 긴 한숨을 토하네
마치 새벽안개에 갇혀 온몸이
촉촉한 이슬에 젖은 듯
우리는 잘 견디는 편이라고 위로하지만
삶은 문을 닫고 창밖의 환청에 흥분하네
마치 추억밖에 남지 않은
쓸쓸한 이별의 주인공처럼

그래도 당신은
잘 마른 가벼운 우산 들고
용기 내 밖으로 걸어가겠지
어깨 위로 구두 위로
굵은 칼날 같은 빗방울
별처럼 떨어지더라도
언제가 마주할 눈 부신 햇살을

떠올리며
마치 은빛 투구를 쓰고
마지막 전장에 나서는
용사처럼 후회 없이 후회 없이

또 다른 이야기

문득 지나온 가을들이 그리워집니다
걸으며 자유롭게 바라보던
하늘과 바람과 구름들
그때는 무슨 이유로 그저 지나치곤 했는데
이제 우리 스스로 갇혀 지내며
속으로 속으로 울곤 합니다
평범한 일상이 소중하단 걸
지독하게 아프고 나서야 알듯
지나온 계절들 자꾸 아른거립니다
더 아름다워지고 깊어지면
우리는 사진 속에서 우리들 추억만을
떠올릴지도 모릅니다
우리가 우리의 죄를 속죄하길
가을은 더 눈 부시게 바라보겠죠
붉은 단풍도 노란 은행나무도
더 어여삐 우리를 기다리는데
우리는 죽음처럼 망설이겠죠
문득 계절 하나하나 그리워집니다
소복이 쌓이는 눈도 선물이었다고
흩날리는 꽃들의 춤들도 은혜였다고
찬란하고 뜨거웠던 햇살도 사랑이었다고
아무렇지 않게 일상으로 돌아가
사라질 가을을 걷고 싶어집니다

패랭이꽃

오월 지천에 옹기종기 모여
무슨 이야기 하나 들어보니
사는 게 쉽지 않다고들 하네
살아지는 것 아니라
살아내야 하는 까닭에
톱니 같은 아픔 하나씩 달고
소리 없이 낮게 견디는 날들이라 하네
아낌없이 다 태우고 태워
마른 열매 하나 피우면
다 이룬 듯 좋아라도 하네
바람 불고
비가 지나도
그래그래 끄떡없다고
오늘도 내일도 살아낸다고
아름답게 지워지지 않는 향을 피우네

방하착

깊은 가을 되어서야 알게 되네요
무슨 두려움 있어
손에 꼭꼭 쥐고 살았는지
사랑도 집착이 되기 전에
삶도 돌이킬 수 없기 전에
조금은 내려놓고
조금은 비워 놓고
조금은 없이
사는 게 부끄러운 거 아니란 걸
깊은 가을 되어서야 보게 되네요

냉장고 속에 심장이 있다는 걸

너는 알고 있었니
매일 세상에 나가기 전에
적정한 온도의 작은 냉장고에
너의 심장을 잠시 놓아두고
길을 나섰다는 걸
너는 원래 따뜻한 사람 아니었니
너는 언제부터인가
입술 말라가며 말을 아끼고
눈에 뜨이지 않게
문을 닫아 가고 있었던 거야
너의 삶이 더 숨 막힐 때마다
너의 심장은 더 단단하게
얼어가고 있었지
이제는 지쳐
집에 돌아와도
냉장고 문을 열지 않지
먹다 남은 음식들 속에 뒤엉켜
심장을 못 찾을 수도 있지
언제부터인지 알 수도 없어
너의 삶은 갈수록 보이지 않아
너의 사랑도 멈추어 있겠지
내일은 오지 않을 거야

냉장고에서 너의 심장을
꺼내 해동시킬 때까지

자연스럽게 두려울 거야
숨 멎던 눈 부신 햇살을 기억해봐
두근대던 울림과 떨림을 떠올려봐
아름다운 건 쉽게 잊히지 않아
가장 고통스런 순간 다시 피어나니까

너의 사랑이 다시 숨을 쉬게

오늘 냉장고에서
너의 심장을 꺼내봐

제2부

리시안셔스

깊어지는 가을을 타고 그대에게 가보니
그대는 이미 내 안에 살고 있었네요
숨소리 작은 언어 향기 하나하나 담아
마음의 방에 촛불 피워 기다리고 있었네요
견딜 수 없는 밤이면
뒤척이다 잠도 들지 못하고
하얗게 아침을 맞이하고 있었네요
모르게 와서 모르게 아파하며
모르게 울었던
그대는 이미 내 안에 잠들고 있었네요
그대와 내가 하나가 되고
그대와 내가 사랑이 되고
그대와 내가 별이 되어
저 길고 긴 밤을 지우게 되면
비로소 그대는 행복해지겠지요
여린 살갗과 가는 손가락을
가진 리시안셔스처럼
영원히
영원히
영원히

가을 속으로

가을은 우리도 모르는 사이에
이곳으로 우리를 이끌었어요
어떻게 이 길 같이 오게 되었는지
지금도 신비스럽지만
자연스럽게 우리는 하나가 되어
붉은 노을 잠을 청할 때까지
점점 서로에게 깊어지고 있었어요
수줍은 갈대는 떨리는
서로의 손처럼 아름다웠고
잔잔한 바람은 서로의 눈처럼
간절하게 흔들렸어요
가을 지나 겨울 와도
따뜻하게 감싸주는
서로의 함박눈 되어주길 약속했어요
밤은 점점 깊어지고 우리는 그렇게
깊은 가을 속으로 꿈속으로 걸어가며
서로에게 따뜻한 별이 되어가고 있었어요

한강에서

홀로 수없이 그냥 지나치던 길도
문득 그대와 가만히 멈추어 들여다보면
보이지 않던 아름다운 이야기
들려오네
아무도 모르게 하늘에서 내려와
강물 따라 숨바꼭질하며
흐르는 별들처럼

사랑을 하면 둘만의 우주가 보이듯
사랑을 하면 둘만의 꿈을 살듯

시월 사각거리는 바람 소리
자장가 삼아 손을 잡고
강변에 기대 눈 감으면
아무도 살지 않는 먼 나라로
다시는 깨어나지 않을 시간 속으로

사랑을 하면 둘만의 우주에 살듯
사랑을 하면 둘만의 꿈을 보듯

원래 나는 없었는데

깊어가는 시월 들여다보니
가을보다 눈 부신 당신 살고 있네요
당신을 가만히 들여다보니
그 안에 자그마한 내가 숨어 있네요

원래 나는 없었는데
당신이 마련한 마음 한편에
창을 달고
별을 놓아주고
햇살과 바람을 넣어
숨을 쉬게 해주네요

원래 나는 없었는데
당신이 살아온
삶과 시간을 잠시 비워
무슨 이야기든 들어주고
슬픈 눈물도 받아주며
따뜻한 사랑 있다는 걸
알게 해주네요

가을 가고 겨울 와도
당신은 하얀 눈보다 더 눈 부시게 살고
나는 당신 속에서 더 따뜻하게
잠들 수 있을 것 같네요

원래 나는 없었는데
당신이 내가 되고
내가 당신이 되어
사랑에서 깨어나지 않을 테니까요

납치

오늘은 당신을 납치할래요
당신은 아무것도 모른 채
제 손만 잡고 따라오세요
당신이 싫어하실 수도
당신이 화낼 수도
당신이 놀랄 수도 있지만
오늘은 당신을 꼭 납치할래요
당신을 만지고 싶고
당신을 느끼고 싶고
당신과 사랑하고 싶어요
당신은 제 이야기 들어주고
당신은 저를 안아주고
당신은 제 곁에 있어 주시면 돼요

오늘은 당신을 납치하지만
가끔 당신도 저를 납치해 주세요

겨울비

사는 게 쓸쓸할 때 있어요
사랑하면서도 사랑 그리워지듯
가을 지나가는 자리
아쉬운 한숨처럼 빗방울 내리네요
아름다웠던 나무들도 몸 떨며
이리저리 흔들리다
달 하나 별 하나
머무는 밤 되기까지 울고 있네요
그대를 온전히 안아주는 일
멀리 떨어져 있어도
곁에 있는 것처럼 따뜻해지는 일
욕심일까요
채워도 채워도 채울 수 없는 걸
아는 까닭에

쓸쓸해서 사람들은 사랑을 하지만
그 사랑 때문에 더 쓸쓸해지기도 한다는 걸

우울한 겨울비 지나면
더 사랑할까 해요
더 사랑할까 해요
더 사랑할까 해요

하루

하루가 천년 같은 날 있어요
하루가 이 세상의 마지막 같은 날 있어요
달아오른 심장 살며시 가라앉혀도
그리워 흐르는 눈물 자꾸자꾸 흘러요
겨울마저 흐르던 시간을 멈추고
오도 가도 못하게 길을 얼려요
바람이 부는 곳으로
고개를 돌려 당신의 목소리 들릴까
귀 기울여 보기도 하고
햇살이 내리는 양지로 나가
당신의 향기 만져질까
손 내밀어 보기도 하고
함께 걷던 길 몇 번이고 몇 번이고
당신의 발자국 다가오나
돌아보기도 하고
그러다 노을 지고 밤이 오면
하루는 가지도 못하고
별이 되어 마지막 꿈이라도
꾸라하네요
천년 같은 꿈 꾸라하네요

오늘 다 가기 전에

단상

내려다보니
작은 공원과 길 위로
오가는 사람들 많네요

이 길
서로 알기 전에
스쳐 지나갔을지도 모른다 하니

사랑은
우연인지 인연인지 운명인지

내려다보니
작은 공원과 길 위로
이제 당신만 보이네요

산책

바스락바스락
마른 잎들 몸 비비며
서로 속삭이는 소리 따라
걸어 봅니다
콧등을 지나는
차갑고 맑은 공기 좋다는
당신의 손 꼬옥 잡고
하늘을 오르듯 가볍게
이 세상에 가장 아름다운 곳 있다면
당신과 내가 같이 있는 이 순간인 걸
아무도 없는
작은 오솔길 아는 듯
고요한 햇살로 감싸줍니다
바람의 노래는 더 깊어지고
우리는 숲에서 그렇게 오래오래
사랑의 이유와
사랑의 기쁨과
사랑의 영원에 대해
이야기 나누며 겨울을 지나고 있었습니다
바스락바스락

고백

사랑밖에는
당신에게 해줄 수 있는 게 없네요

겨울 바다

당신에게 겨울 바다 보여주고 싶은 이유는
당신의 마음에 바다를 담아
주고 싶기 때문입니다
마음 동하지 않으면
오기 어려운 먼 길
고단한 일상 내려놓고
파스텔 톤 바다에 발 담그면
무념의 편안함을 담을 수 있을까 해서입니다

당신에게 겨울 바다 보여주고 싶은 이유는
당신이 얼마나 사랑하나
물을 때마다 들려주고 싶은 고백 때문입니다
잔잔하게 늘 기다려주기도 하고
아름다운 파도 소리 들려주기도 하고
흠뻑 물장구치며 밤하늘의 별 보기도 하고
오래오래 등대처럼 당신 곁을 환하게 비추고
싶다고 들려주고 싶기 때문입니다

당신에게 겨울 바다 보여주고 싶은 이유는
우리의 존재와 사랑에 대해
깊고 넓은 바다의 이야기 듣고
싶었기 때문입니다
수천수만 년 얼마나 많은 걸

견디어 왔는지 우리 헤아리지 못하지만
푸른빛으로 모든 걸 감싸주며
한결같이 살아 숨 쉬는
사랑과 지혜를
같이 느껴보고 싶었기 때문입니다

폭설

당신의 사랑만큼은 아니지
아무것도 못 하게
한 발짝도 움직일 수 없게
꽁꽁 묶어두어도
모든 걸 태워
따뜻하게 녹여주는
당신의 사랑만큼은 아니지

프리지아

깊고 하얀 겨울밤 몇 번을 지났는지
봄빛 담은 노란 꽃 살며시 피었네요
돌아서면 다시 보고 싶은 그대처럼
꽃잎은 달콤한 미소로 가득하고
보기에도 아까운 그대 닮아
소녀 같은 하얀 꽃술 흔들릴 때마다
아질아질 눈이 머네요
멀리 있어도 곁에 있는 듯
은은하게 번지는 밝은 향기
달달한 잠처럼 스며들면
꽃이 사랑인지 사랑이 꽃인지
사랑이 꿈인지 꿈이 사랑인지

눈

하염없이 눈 내리네
당신이라는 눈
내 마음 채우네

눈 속에 꽃 피네
당신이라는 꽃
내 마음 환하게

꽃 속에 볕 드네
당신이라는 볕
내 마음 가득히

볕 속에 별 뜨네
당신이라는 별
내 마음 영원히

머리띠

흐트러지지 않게
묶고 묶어도
시간이 흐르면
또 풀리네
풀리면 다시 또 묶고 묶고
사는 것처럼 사랑하는 것처럼

영산홍

꽃 이름 몰라 물으니
영산홍이라 하네요
홍자색 빛이 달아오른 얼굴 같아
몇 번이고 보게 되네요
한참을 보니 꽃이
저를 보고 뭐라 뭐라 속삭이네요
보고 있는 것만으로도
행복한데
마음 담아
미소 지어주고 있어
눈물이 도네요
사랑하는 일은
이렇게 마음과 마음
헤아리며 닮아가는 일이란 걸

구두

잠시 벗어 놓고 싶을 때 있어요
온종일 서서
삶을 버티어 내는 게
저리도록 아플 때
너무 고단할 때
철 구두 같아 한 발짝도
떼지 못할 것 같아
종아리만 몇 번이고 몰래
주물러 보곤 하죠
잠시 벗어 놓고 싶다가도
다시 고쳐 신게 돼요
가야 할 길
끝까지 함께
걸어온 걸어갈
말 없는 동행
힘내자고
오늘은 구두가
위로를 해주네요

김치우동

녹을 듯 부드러운
한 가닥 한 가닥
빨간 햇살에 풀어
비어있던 마음 달래주네
소박하지만
든든해지니
다음엔 또 어떤
위로가 될지

눈꽃

아무도 모르게 울고 있는
겨울나무 위에 내려
봄이 오기까지 같이 지낼까 합니다
하얀 몸 녹여
노란 꽃 피기까지 곁에 있을까 합니다
바람에 흩날리는 밤이 와도
손 놓지 않고 하얗게 지새울까 합니다
꿈이라 할지라도
오래오래 사랑하며 함께 잠들까 합니다

겨울, 덕수궁에서

겨울 머무는 곳은 고요하네
석어당 대청마루에 앉아
오지 않을 것 같은 봄
기다리며 슬픈 왕은
어떤 겨울 지났을까
눈꽃 핀 오랜 살구나무도
말없이 기다려주네
함녕전 뒤뜰을
맴돌고 돌다 보면 오려나
정관헌에 앉아
따뜻한 차로 위로받으며
겨울은 조금씩 사라지네
누군가를 기다리고 사랑하는 일
겨울처럼 아리지만
봄처럼 설레는 까닭에
덕수궁 어름 연못 속에도
노랑어리연꽃 아른아른거리네

잠

아무 말 하지 않아도 돼요
그냥 어깨에 기대어 보세요
조용한 음악 들리면 들리는 대로
흔들리는 바람 보이면 보이는 대로
부스럭거리는 소리 잠시 지나가게
마음에 몸 맡기고
아무 생각 하지 않고 눈을 감아보세요
꿈이 따뜻한 봄이길 바라며
밤에게 별에게 괜찮다고 전하세요
시간은 흐르지만 사랑은 곁에 있다고

봄비

어디서부터 오는 걸까요
아직은 여린 봄 하늘 따라
떨리는 그대 깊은 마음속에서
무슨 이야기 하고 싶은 걸까요
아무 말 하지 않아도
스며드는 그대의 촉촉함 전하며
쉬었다 또 흐르고
비웠다 또 채우며
끝나지 않고 쏟아지는
별처럼 사랑처럼

이불

안에 무엇 숨어있어
이리 따스할까
하늘하늘 봄처럼
부드러워 안으면
몸을 녹이는
사랑일까 꿈일까

푸른 밤

깊은 바닷속에 하늘이 있네요
은은한 푸른빛에
몸을 눕히고 별을 찾다가
당신의 깊은 눈동자 속
잠든 별 하나 보네요
보고 싶은 건 어디에나
있는 건 아닌듯해요
보고 싶은 마음이 있어야
보이는듯해요
더 깊어지는 봄밤이 되면
또 무엇이 보일까요
당신의 가슴에 있던
별 하나 다시 눈을 뜨네요

봄의 서

신이 인간과 자연을 만들고
보기에 좋았다며 잠든 사이
인간은 사랑을 통해
모든 걸 다 이루고 있었네요

그 해 어느 봄밤,
연둣빛 버드나무
바람에 흔들릴 때
그리스 신화에 나오는
작은 신들처럼
손 내밀면 하늘과 닿을 듯한
마천루에 누워
신도 해보지 못한
사랑을 지상의 연인들은
나누고 있었네요

시간은 봄 속에 갇혀 잠들고
도시의 불빛은
저 먼 별빛 대신하여
서로에게 신호를 보내며
너무 아름다워
그저 바라만 볼 수
밖에 없는 밤하늘을 지키고 있었네요

봄 닮은 하얀 달
소리 없이 내려와
실개천 사이로 숨바꼭질하는 사이

잠 못 들고 기약 없이
거리를 거니는 수많은
타인들의 삶마저
아름답게 보이는 깊어가는 밤에

누군가를 사랑하는 일이
누군가에게 사는 이유가 되는

끝나지 않을 이야기는
봄처럼 시작되고
모든 것은 완벽한 순간이 되어
사랑으로 쌓이는

찬란한 봄의 시작
영원한 사랑의 시작

그 해 어느 눈 부신 봄밤에

강가에서

손 꼭 잡고
어디로 가는지
말없이
따라나섰습니다
비도암
분홍빛 꽃잎 하나 둘
별처럼 떨어져
초록빛 강물 이루며
흐르는 봄길 속으로
꿈속처럼
사랑처럼
빛나는 봄빛 품은
깊은 강 속으로
행복하게
따스하게

해바라기

깊은 밤에도 피어 있을게요
당신 있는 곳 어디든
당신 환하게 숨 쉴 수 있게

망고빙수

노란 망고 사각사각
솜사탕처럼 녹고
작고 검붉은 팥 알알이
달콤한 꿈처럼 스미네
달달한 사랑 숨어 있었나
다 비우고 나니
마음 더 설레이네

옥수수

잘 여문 노란 햇살 한 입 베어 물고
소녀는 배시시 웃습니다
오물오물 터지는 달달함
하얗게 퍼지는 설렘
무언지 모르게
채워지지 않던 삶의 허기마저
사라지고
여름은 점점 깊어집니다

폐삭의 추억

모든 게 녹아내릴 듯한
뜨거운 여름날이었을까
정오의 폐삭은
어느 깊은 산속 오솔길
잠시 모든 걸
내려두고 쉴만한 오두막처럼
따스합니다
층고가 높은 오두막 안은
나무마다 세월의 향을 담고
가지런히 놓인
의자에는 수많은 사연이 쌓여
있습니다
누군가를 기다리는 게
일상이 된 오두막의 장인은
누군가를 위해
특별한 감동을 보여줍니다

한 스푼에 담긴 정성

상큼한 샐러드
달달한 스프

철판 위에서 시작되는 마술

잘 익은 표고버섯
갓 구워낸 아스파라거스
버터에 감싸인 전복

이건 시작일 뿐

입 안에 들어가면 다 녹아내리는
관자와
놀라운 검은 캐비어의 황홀감

한 스푼에 담긴 정성

고소한 전복내장의 미묘함
흉내 낼 수 없는 가지에 담긴 담백함

뜨거운 삶이 담긴
현란만 손놀림과 불의 춤

탱글탱글한 랍스터
푸아그라의 신비로움

우리가 알지 못하는 삶이 있듯
우리가 알지 못하는 맛이 살아 있는

어떻게 구워졌을까
고개만 갸우뚱해지는 안심
이렇게 찰진 맛이 숨겨 있나
묻게 되는 은행

개운한 장국과 색감이 예쁜 볶음밥

그리고 아름다운
계란말이와 트러플페이스트의 뭉클함

맛의 향연에 취해
사람들은
하나가 되고
깊어갑니다

알아주지 않아도
무얼 오래 하며 살아내는 게
보기 드물어지는 시절

이 깊은 오두막은
오래오래
누군가를 기다리며
누군가를 위해
특별한 삶의 공간이
되어줄 거라고

다시 뜨거운 세상 속으로
돌아가는 발걸음이
행복해집니다

봄에게

다 왔다고 하면서
또 한걸음 뒤에 있네
손닿을 것 같아서
다시 손 내밀어 보면
조그만 기다리라 하네

해후

이제야 그대 곁에 오게 되었네요
참 먼 길 돌아 돌아왔네요
백 년 같았던 삶
하룻밤 꿈이었네요
외로운 긴 긴 밤
겨울처럼 더디 가더니
연둣빛 봄 오듯
그대 이제 눈에 환히 보이네요
사는 동안
후회 없이 사랑했듯
다시 사는 동안
더 아름답게 사랑하렵니다

이제 돌아갈 수 없는 길 와보니
그대 오래전부터 기다리고 있어서
이곳도 참 따스하다고
사는 동안
못한 사랑
다시 사는 동안
더 행복하게 꿈꾸며
이제야 그대 곁에 편히 잠들 수 있게
되었네요

가방

당신의 등 뒤에 풀지 않는 가방
하나 있네요
쉽게 내려놓지 않아서인지
오래 메고 살아서인지
당신의 등에 붙어 이제는
떨어지지 않게 굳어버렸네요
누구나 가지고 있는 건지
몰라 거울을 비춰보니
나에겐 잘 보이진 않네요
등에 붙어있다 떨어져 버린 건지
작은 자국만 조금 남아있네요
당신의 등 뒤에 풀지 않는 가방
안에는 무엇 있나 열어보니
아무것도 없어
먼지만 날리던데
왜 내려놓지 못하고 있는지
당신은 아무 말도 못 하네요

다리 위에서

한참을 걸어왔네요
돌아볼 시간도 없이
돌아보기 두려워서인지도 몰라
앞만 보고 왔네요
멈추어 강 위에 서니
보이지 않던 것도 보이네요
보고 싶다고 보이는 것
아닌듯하고
보고 있다고 그게
다는 아닌듯하고
보고 있어도 보이지
않는 것 있었는데
조금 더 걸어가 보면
지나온 곳이 어디였는지
조금은 보이겠지요
조금 더 걸어가 보면

섬

사랑을 하면
사랑하는 사람만 아는 섬이 생깁니다
그곳에 가면
봄이면 세상의 모든 꽃 피고
여름이면 눈 부신 햇살 가득해지고
가을이면 바람의 노래 들려오고
겨울이면 따뜻한 눈 소복이 쌓입니다
그곳에 가면
세상의 시간 멈추고
사랑의 시계 움직입니다
빠르게 지나기도 하고
오랫동안 멈추어 있기도 하며
마음의 소리에 서로 귀 기울입니다
그곳에 가면
삼나무숲 따라 하루 종일 산책하기도 하고
에메랄드빛 바다를 보며 몽상에 잠기기도 하고
달달하고 달콤한 키스로 하루를 보내기도 합니다

그곳에 가면
오로지 그대와 나
단둘이 세상에 남은 듯
삶을 회고하기도 하고
비밀스러운 언어로 대화하며
끝나지 않는 깊은 꿈을 꾸기도 합니다

사랑을 하면 할수록
사랑하는 사람만 사는 섬이
그래서 점점 더 그리워집니다

여름 나무

뜨거운 햇살도
아무 말 없이 두 팔로 안아
아늑한 그늘을 만드네요
불안한 소낙비도
싱그런 잎들 사이사이
지나며 편히 잠이 드네요
잠 못 드는 별도
밤새 머물며
도란도란 꿈을 이야기하네요
바람이 지나고
시간이 흘러도
그 자리에 서서 기다려주네요
누군가를 안아주고
누군가를 편히 기대게 하고
누군가의 꿈에 귀 기울이며
누군가의 곁을 오래오래 지키는

서로에게 하나뿐인 여름 나무가 되어갑니다

그림자

걷다가 잘 있나 돌아보니
부끄러운 듯
뒤에 숨네요
드러내지도 않고
늘 곁에 있어서
걷는 길 한결 가볍네요
사랑은 어쩌면
그림자처럼
묵묵히 서로의 일부가
되어 가는 일
길은 멀지만
가는 길 행복해지네요

그냥

그냥 당신이 좋아요
무슨 이유 없네요
그냥 당신이 좋아요
좋아하는 계절처럼
그냥 당신이 좋아요
가만히 옆에만 있어도
그냥 당신이 좋아요
지치고 힘들어하다가도
당신 생각 떠올리면
위로가 되듯
그냥 당신이 좋아요
향기로운 봄꽃처럼
눈 부신 햇살처럼
그냥 당신이 좋아요
마음을 달래는 가을처럼
모든 걸 감싸주는 눈처럼
그냥 당신이 좋아요
무슨 이유 없이
그냥 당신이 좋아요
그냥
그냥

틈

사랑하는 거 서로 잘 알면서
지금 이렇게 보내는 게
잘하고 있는 건지
묻게 되는 시간이 다가오기도 합니다

어쩌면 원래부터 있었던
처음에는 보이지 않던 틈
이제는 그 틈에 작은 풀 한 포기
꽃 한 송이 피기를
기다리는 시간이 자리 잡습니다

완벽한 사랑이란
틈 없는 것 아니라
틈 있음을 서로 감싸주는 것인걸

숨 쉬는 방법이 다르다는 걸
숨 쉬어야 할 시간도 다르다는 걸
이해하는 일인 걸
너무너무 사랑하는 거
알기에
지금 이렇게 떨며
지금 당신은 괜찮은 건지
묻게 됩니다

틈 사이로 가을 햇살이 유난히
눈 부신 날이면
지금 당신은 행복한 건지
또 묻게 됩니다

다알리아

숨 막힐 듯 신비한 보랏빛
얇은 살결 닮은 떨리는 잎들
우아한 삶을 동경하는 자태
모든 것을 잊게 만드는 무취의 향
보고 있으면 더 보고 싶어지는
보고 있으면 더 사랑스러워지는
존재하는 것만으로도 눈 부신
곁에 있는 것만으로도 아늑해지는
단 하나의 사랑 단 하나의 행복

가을 이야기

눈 부신 햇살 아름다워
바라보기에도 숨 멎을 듯한 날
가을처럼 깊은 소금 커피
한 모금 마시며 소녀는 잠시 소년의
어깨에 기대 눈을 감아봅니다
잠이 쏟아져요 잠이
치열한 순간순간을
견디어 내는 일상은
사랑의 형태를 조금씩 바꾸며
깊어져 가고
삶처럼 정해진 건 없지만
우리가 가는 길
길이 되는 나날들은
그래서 때론 미안하기도 하고
때론 너무 행복해하기도 하고
때론 아파하기도 하고
때론 아쉬워하기도 하고
때론 너무 설레기도 하며

토닥이는 손등 위로
예쁜 단풍 하나둘 쌓이듯
오랜 시간 지나
사랑은 또 어떤 모습일지
잠든 소녀의 얼굴은
아무것도 알고 싶지 않은 듯
꿈에서 깨지 않고 싶은 듯
가을 속으로 가을 속으로

알 수 있을까요

가을이
나무에게 피를 토하듯 속삭이는 대화를

별이
떠도는 새벽을 견딜 수 있는 이유를

지나는 모든 것들 사라져도
아무도 모르는 이유를

길을 걷는 순간순간이
아닐지도 모르는 이유를

어디론가 달려가는 시간들이
보이지 않는 이유를

하얀 칼라

열정 어리 지난 가을의 흔적
하얗게 하얗게 겹겹이 쌓여
눈 부신 삶이 되듯
사랑을 시작할 때 떨리던
눈 부신 기쁨
더 깊어져 깊어져
마지막까지 함께할 수 있는
꿈이 되네요

겨울 이야기

해야 할 일
함박눈처럼 쌓이는데
오도 가도 못하고
길 위에 서 있네

눈 녹으면 가야 하나
눈 지나쳐 가야 하나

멈추어 버린 시간도
주어진 시간이란 걸

동동거리던 발을 멈추면
들리지 않던 내면의 소리 울리고

고요해지면 하얀 별도 보이지
늘 그림자처럼 곁에 머물던

가는 길 위에 잠시 큰 눈이 내려
오도 가도 못할 때

이제 흔들리지 말고
내면의 소리를 들으며
또렷이 빛나는 별을 봐야지

멈추어 버린 시간도
소중한 시간이란 걸

겨울 튤립

연분홍바소꽃잎한겹한겹
겨울하늘담아작은별되네
떨면따뜻하게비춰주고
아프면말없이안아주며
소녀가소년을기다리듯
소년이소녀를기다리듯
사랑은숨이되어살게하고
하나가되어영원한꿈되네

첫눈

소녀에게 하고 싶었던 말
사랑해요
눈이 전하네요

소년에게 들어보라던 말
나도 사랑해요
눈이 보여주네요

블루 레이디

아낌없이 사랑하던 가을의 흔적 모아
숨겨두었던 달콤한 봄의 향기 담으면
입안에 퍼지는 은은한 별의 노랫소리

바람처럼 사라질까 시간을 재워
아름다운 흔적 하나 하나 모아
작은 집을 짓고 따스한 불을 밝히면

채워지는 깊고 고요한 떨림
밀려오는 벅차고 눈물 나는 설렘
오래오래 감싸주는 달콤한 꿈

온시디움

보고 싶은 마음 알았을까
천 리 길 지나
한겨울 사이로
달려와 노란 미소 짓네
봄이 온 듯
향기에 취해 밤을 새우다
눈 떠보니
나비 되어
그대 곁에 잠들어 있네

추도의 서

입춘 그제라
하얀 목련 환하게 필 날 머지않았는데
무슨 까닭 있어
이리 서둘러 하늘 봄길 따라나섰나요

살려보겠다 이리저리
발을 구르며 곁을 돌보던 반쪽은
이제 봄이 오면 어떻게
하루하루를 살아내야 할까요

초롱초롱한 눈을 가진 아이는
보고 싶을 때
이야기하고 싶을 때
달려가 아무 말 없이 안기고 싶을 때
어떻게 견디어 내야 할까요

떠나야 하는 시간이 이리 빨리
올 줄 아무도 몰랐던 까닭에
같은 시절을 보내고
같은 아픔을 나누고
같은 하루를 살아온
사랑했던 사람들이

떠나보내는 준비도
함께 보내는 시간도
충분하지 못해 아쉬움만
자꾸 눈물 되어 흐르네요

부디
그곳에선 아무 생각 없이
편히 하루하루를 보내세요

아프지 말고 따뜻하게

아름다웠던 날들 떠올리며
사랑하는 사람들에게
떠나오며 하지 못했던
작은 이야기 꿈에서라도
들려주세요

부디
그곳에선 매일매일
눈 부시게 피는 봄꽃을 보며 보내세요

행복하게 행복하게 행복하게

나무에 대한 단상

나무는 나이 들수록 더 아름다워지네
사람도 나이 들면 더 아름다워져야 하는데
한 백 년 이백 년은 살아야
조금 닮을 수 있을지
흔들려도 묵묵히
거센 바람 안아주고
떠도는 새들 반겨주고
뜨거운 햇살 달래주고
차가운 눈 녹을 때까지 기다려주고
지나는 사람들 머리와 가슴 식혀주는

다 주어도 다 차 있는

나무는 나이 들수록 더 아름다워지네

지금은

그리워라도 할래요
그리워라도

그리워라도 못하면
더 그리워질까

그리워라도 할래도
그리워라도

그러다 그러다
그리워지지 않으면

더 그리워 그리워하고

그러다 그러다
더 그리워지지 않으면

더는 더는 어찌할지 모르겠지만
지금은

그리워라도 할래요
그리워라도

바다에서

겨울 떠나보내려 먼 길 내려왔네요
떠나지 않을 것 같던
겨울의 쓸쓸한 잔상,
마음의 두려운 이면,
삶의 고단함
섬 섬 사이사이
바다에 띄워 보냈네요
공기는 차지만 머리는 맑아지고
아침은 봄처럼 눈 부시네요

겨울 보내고 다시 돌아가는 길 위엔
예쁜 꽃들 피겠지요
봄의 따뜻한 위로,
그리운 사랑의 떨림,
삶의 설렘
섬 섬 사이사이
바다까지 물들이겠죠
바람은 스치고 가슴은 달아오르고
밤은 봄처럼 행복하네요

3월 이야기

해맑게 자랄 때는 한 해 두 해
커가는 모습에 그저 흐뭇했는데

스무 살 지나고
살아가는 길 찾아
이리저리 애쓰는 모습에
안쓰러워지네

무얼 해주었는지
무얼 해주어야 하는지

선택하고 가는 길
괜찮다고 도닥거려주는 것밖에는

시린 겨울 잘 지나도록 지켜봐 주고

온전히 너의 봄을 맞이할 수
있도록 기다려주는 것밖에는

무얼 꿈꾸든
무얼 사랑하든

아름다운 사람이 되길
아름다운 삶이 되길 기도해주는 것밖에는

장충동에서

오래된 장충동 두붓집에서
봄날 같은 따뜻한 식사를 하고
연인들은 현대식 카페에 앉아
지나는 사람들과
허물어지기도 하고
새로 지어지는 건물들을
같이 바라보며
다가오는 앞날의
다정한 모습을 예감하고 있었네
마음에 숨겨놓았던
말들 하나하나 자연스럽게
꺼내 상처받지 않게
나눌 때에도
두 손은 놓지 않고 있었네
사랑한다는 건
사랑할 수 없는 시간 속에서도
빛이 나는 걸
연인들은 눈과 눈을 보며
읽고 있었네
떨리는 여운을 안고
돌아가는 길 위에서도
연인들은 서로의 그림자가 되어
설레는 봄처럼 동행하고 있었네

튤립

꽃은
언제 피어
어떻게 지는지 알 수 없지만
꽃 피어
눈 부신 때가 제일 예쁘더라
부끄러워 꼭꼭 숨겨두었던
검은색 꽃술마저
내어놓으며 환하게 빛날 때
숨 막히게 아름답더라
노란 봄을 가슴에 안아
빨갛게 달아오른 사랑처럼
꽃 피어
살아 있을 때
그때가 제일 행복하더라

조율

한음이 틀어지면
다른 음과 잘 어울리지 못하지요
한음을 바로 잡으려면
위아래 음들도
다시 조율해야 한답니다
사는 것도 어울리는 일이라
한 삶 한 삶 상처받지 않게
보듬으면서도
다른 삶 돌아도 보고
때론 맞춰도 보는
그래서
가장 아름다운 소리는
어쩌면 아무 소리도
나지 않는다는 걸
모든 음이 다 소중하단 걸
알고 나서야 들을 수 있게 되네요

하나의 삶이 하나의 삶이 아닌 것처럼

스쳐 지나던 나무를 다듬고
빈틈없이 조각을 맞추어
어여쁜 색을 입히니
마음에 있던 깊은 이야기를 들려주네

숨겨두었던
내면의 깊은 아픔들 상처들
작은 자개 조각에 담겨
조용히 들어달라고 눈빛을 보내네

하나인 것 같으면서
여러 개로 나누어진
얽히고설킨 마음들처럼
서로를 붙들고 놓아주질 않네

하나의 삶이
하나의 삶이 아닌 것처럼

틀 안에 있으면서
틀 안에서 벗어나려는
정해진 것 없는
예측할 수 없는 다양한 삶처럼
서로에게 끊임없이 속삭이네

누구도 하나뿐인
삶을 구속할 수 없는 것처럼

보면 볼수록

보이는 세상에서
보이지 않는
또 다른 세상으로 건너와

살아 있는 듯
자꾸 말을 걸어 오네

자꾸 말을 걸어 오네

오월에 눈 내리면

그런 생각 해봅니다
눈 부신 신록 위로 하얀 눈
내리는 풍경을
눈 살며시 쌓여
멈추어 버린 오월의 푸르름
간직해 두었다가
마음 한구석 자리 나면
다시 꺼내어 볼 수 있게
눈 스르르 감기는
아카시아 향기는 사라지겠지만
사랑스러운 꽃잎들은 오래된 화석처럼
남아서 봄을 떠올려 주겠지요
그런 생각 해봅니다
지나고 나면 볼 수 없는
아름다운 것들이 잠시 멈추길
가고 나면 다시 돌아오지 않는
그렇게 그렇게 지내다
당신이 허락할 때
눈 녹여 푸른 오월
가슴에 펼쳐 더 눈 부신 날 맞을 꿈을

오월에 눈 내리면

나무와 나무 사이

나무는 오래전부터 사랑을 하며 살았나 보다
조금은 떨어져
그늘 생기지 않게
가지 펼 때 닿지 않게
뿌리내릴 때 너무 많이 갖지 않게
비 오면 조금은 나눠 무겁지 않게
바람 불면 먼저 나서 슬프지 않게
잎과 꽃 필 때 묵묵히 아름답게 바라봐주며
나무는 오래전부터 사랑을 살았나 보다
사람과 사람도
서로 작은 한 발짝씩 물러나 바라봐 주면
그 틈에 꽃이 피고 별이 뜨고 삶이 따뜻해지는 걸
그런 나무와 나무가 모여 숲도 깊어진다는 걸

빈방

깊었던 여름밤 끝날 무렵
가을바람 잘 불던 그 방에
오늘은 아무도 없네요

잃어버린 시간을 찾으러 나선
소녀는 무거워진 구두를
다시 붙잡고 하얗게
밤을 새우고

숨어버린 사랑을 찾으러 나선
소년은 잠든 꽃잎에
다시 물을 주며
숨을 쉬게 하고

우리가 기다리는 건 있는데
우리가 기다리는 건 있는데

가을 별들이 내리던 그 방에
내일은 있었으면

가을은

말없이 와 주었네
지치고 힘들었던 여름 지나
느껴보고 싶던
촉촉한 바람 잊지 않고
한가득 담아
어수선하던 머리 위에
은혜처럼 내려주네
그렇게 오기로 한
약속을 지키며
묵묵히 와 주었네
살면서 무언가를
지켜내고 산다는 게
쉬운 건 아닌데
어쩌면 가을은 매번
마음 비우며
오는 건 아닌지
그래도
눈 부신 하늘,
노래 같은 햇살,
꿈같은 바람 담아
변하지 않고
말없이 와 주었네

가을은

사랑을 책상 서랍에 넣어둔 소녀

가을이 지나 버린 건지
가을을 잊은 건지
시가 써지지 않는 가을은
그렇게 지나가고 있었네
사랑을 책상 서랍에 넣어둔
소녀는
사랑을 책상 위에 올려놓고
매일 보고 있는 소년을
가을처럼 지나고 있었네
함께하지 못하는데
사랑이 영원할 거라는 말은
얼마나 가혹한지
기약 없는 날들 위에
쌓이는 시간의 흔적들
보이지 않는 삶
지치는 일상
이미 겨울이 되어버린 마음

가을이 지나버린 건지
가을을 잊은 건지
사랑을 책상 서랍에 넣어둔
소녀는 언제 다시
책상을 열어
사랑을 볼 수 있을지

눈사람

하루 종일
이야기할 사람 없어
만들어본 눈사람

하루 종일
나만 보고 있네

말도 없이
미소만 가끔

그러다
자기도 모르게

다 녹아 사라지면
모든 걸 지우려나

사랑도
꿈도

겨울 장미

하얀 함박눈 별을 지나
가로등 아래로 떨어지던 겨울밤
가슴에 향기 나는 꽃 한 송이
피기 시작했네
노란 햇살 담은 머리카락,
초롱초롱 빛나는 눈망울,
조각처럼 그려진 얇은 입술,
모든 걸 안아주는 목소리,
그리고 떨리는 부드러운 작은 손
운명처럼
예정된 사랑처럼
겨울밤 하얗게 지나는 동안
꽃은 발갛게 달아올라
따뜻하다고 따뜻하다고
잊지 못할 꿈을 꾸네

집으로 가는 길

매일매일 가던 길인데
그 길 위에 보지 못했던
작은 나무 하나 서 있었네
언제부터 나무는 길 위에서
나를 보고 있었을까
오늘은 내가 걸음을 멈추고
나무를 물끄러미 보고 있네
그렇게 같은 곳에 살면서도
스치고 지나는 일들이
얼마나 많았을지
다 헤아리는 일도
다 감싸주는 일도
어쩌면 처음부터 불가했던 것인데
이렇게 멈추어 서서
돌아보기까지 세월은 또 얼마나
달아나 버린 건지
매일매일 가던 길에
그 길 위에 보지 못했던
작은 나무에도
꽃이 피는 걸
봄이 오는 걸
이제야 보게 되네

에렌델

어느 작은 행성의
별빛이 우리에게 보이기까지
걸렸던 시간 129억 년

스치는 별빛도 그러한데

그대와 내가 만나
사랑하는 건

아주 먼 우주에서
보내는 신호를
서로 알아보고
답을 하는

기적 같은 일

그런 기적이 매일매일 쌓여
그대와 나의
은하를 만드는 일

오늘 냉장고에서
너의 심장을 꺼내봐

정재훈 지음

발행처	도서출판 청어
발행인	이영철
영업	이동호
홍보	천성래
기획	육재섭
편집	이설빈
디자인	이수빈 ǀ 김영은
제작이사	공병한
인쇄	두리터

등록   1999년 5월 3일
       (제321-3210000251001999000063호)

1판 1쇄 발행 2024년 12월 10일

주소   서울특별시 서초구 남부순환로 364길 8-15 동일빌딩 2층
대표전화 02-586-0477
팩시밀리 0303-0942-0478
홈페이지 www.chungeobook.com
E-mail   ppi20@hanmail.net

ISBN   979-11-6855-303-3(03810)

본 시집의 구성 및 맞춤법, 띄어쓰기는 작가의 의도에 따랐습니다.
이 책의 저작권은 저자와 도서출판 청어에 있습니다.
무단 전재 및 복제를 금합니다.